Elisa

Nᵒ 17

Aux Agneaux et aux Brebis de Jésus

Sollicitude Fraternelle

et

Manquements Personnels

par GÉO C.

R. MAZEIRAC, à LIVRON (Drôme)

D²

Prix : 10 centimes

SOLLICITUDE FRATERNELLE

ET

MANQUEMENTS PERSONNELS

(Matthieu, XVIII)

———◦⚬◦———

Au milieu des circonstances rappor-
tées dans ce chapitre, nul n'aurait pu
se trouver en compagnie du Seigneur
sans découvrir les deux objets qui oc-
cupaient, ici-bas, ses pensées et ses af-
fections : d'un côté, les « petits enfants », de l'autre, ceux qui croyaient
en Lui, qu'ils fussent enfants ou adul-
tes.

Or, il est d'un intérêt extrême, pour
nous qui aimons le Seigneur, de consi-
dérer les pensées et les sentiments de
son cœur à l'égard de ces deux classes
de personnes, et cette considération
exercera nécessairement une influence

bénie sur notre conduite. « Ses pensées ne sont pas nos pensées », et il faut nous souvenir que les pensées *naturelles* du cœur des rachetés ne sont pas plus près des pensées du Seigneur que celles des inconvertis eux-mêmes. Mettons-nous donc soigneusement en garde contre les raisonnements de nos cœurs naturels dans les choses de Dieu, et désirons que le Seigneur nous accorde la grâce de mettre entièrement de côté nos propres pensées, les remplaçant par les siennes.

Par la question des disciples : « Qui donc est le plus grand dans le royaume des cieux ? » (v. 1) le Seigneur est amené à parler de l'état moral qui convenait à ce royaume. Comme exemple frappant de l'esprit que Dieu cherche chez les enfants du royaume, Jésus place devant eux un petit enfant et, répondant à leur question, il dit : « Quiconque s'abaissera comme ce petit enfant, *celui-là est le plus grand* dans le royaume des cieux » (v. 4). La douceur et l'humilité, la petitesse à nos propres yeux, et notre peu de valeur aux yeux des hommes, tels étaient les équivalents de ce qui est réellement grand aux yeux de Dieu : « Ta débonnaireté m'a agrandi » (Psaume XVIII, 35).

Ensuite, le Seigneur parle des petits enfants en général, aussi bien que de « ces petits qui croient en lui » (v. 5, 6). Il exhorte solennellement les disciples à ne pas être une *occasion de chute* à ces petits, et à ne pas les *mépriser* (v. 6, 10), et leur donne trois raisons péremptoires pour exercer une sollicitude jalouse à leur égard.

1° Ils sont les objets des soins de son Père : « Leurs anges voient continuellement la face de mon Père qui est dans les cieux » (v. 10).

2° Ils ont une immense valeur pour le cœur du Fils. « Car le Fils de l'homme est venu *sauver* ce qui était perdu » (v. 11). Son *œuvre* était pour eux.

3° « Ce n'est pas la volonté de votre Père qui est dans les cieux, qu'un seul de ces petits périsse » (v. 14).

Remarquez le changement du pronom dans ce dernier verset, comparé au verset 10. Là, c'était « *mon* Père » ;

ici, parlant aux disciples, il dit : « votre Père », comme si. lorsqu'il s'agit du bien de ces petits, il désirait que, pour eux, ses disciples eussent un intérêt commun avec lui et son Père. Et pourtant, hélas ! déjà au chapitre suivant, nous les trouvons reprenant ceux qui apportaient de petits enfants à Jésus (XIX, 13).

Telles sont donc les pensées du Seigneur à l'égard de ces petits et, en vérité, ses paroles sont écrasantes pour ceux qui les scandalisent. N'est-il pas frappant qu'il prononce, presque dans les mêmes termes, le « malheur » sur l'homme qui l'a trahi, et sur l'homme qui est une occasion de chute pour un de ces petits : « Malheur à cet homme par qui le Fils de l'homme est livré ». « Malheur à cet homme par qui l'occasion de chute arrive » (Matthieu, XXVI, 24 ; XVIII, 7). Oh ! combien nous devrions être soucieux constamment de ne rien faire, même sans intention, qui puisse faire tomber, qui puisse seulement décourager le plus petit et le plus faible des siens !

*
* *

Au verset 15, le Seigneur aborde un autre côté du sujet. Il n'exhorte plus ses disciples à ne pas en offenser d'autres, mais il leur donne des instructions quant à leur conduite, au cas où un frère pécherait contre eux. « Si ton frère pèche contre *toi* ». Un esprit de sollicitude charitable pour le bien des autres devait, en toute occasion, caractériser leur conduite, en opposition absolue avec l'esprit de celui qui disait : « Suis-je, moi, le gardien de mon frère? »

Aux versets 8 et 9, il nous est dit que nous ne devons épargner, en aucune façon, *notre* main, *notre* pied, *notre* œil, s'ils nous sont une occasion de chute. En pareil cas, il nous faut montrer la plus extrême sévérité, jusqu'à *couper* et *arracher* un tel membre. C'est comme si le Seigneur disait : Vous ne sauriez user de trop de sévérité envers vous-mêmes lorsque *vous* manquez, et vous ne pouvez mettre trop de soins et d'égards dans votre conduite envers les autres.

Ah ! il nous est naturel de faire exactement l'opposé de cela. Nous sommes disposés à avoir toute sorte de considération pour nous-mêmes ; en un clin d'œil, nous sommes prêts à produire les excuses les plus plausibles pour pallier nos propres fautes ; et quand les fautes des autres sont en question, notre juste indignation se donne carrière.

Il est remarquable que les manquements personnels de frère à frère, soient le premier élément perturbateur mentionné dans l'Ecriture, en rapport avec le rassemblement des saints, au nom du Seigneur Jésus. Ici est établie, de la manière la plus simple et la plus explicite, quelle doit être notre ligne de conduite en de telles circonstances. Considérons avec soin ces communications du Seigneur : « Si ton frère pèche contre toi, va, reprends-le, entre toi et lui seul ».

Remarquez, en premier lieu, que nous n'avons pas à *traiter légèrement*

le péché : « *Reprends-le* ». L'évangile
de Luc (XVII, 3), insiste encore plus
fortement là-dessus : « Si ton frère
pèche, reprends-le, et *s'il se repent,*
pardonne-lui ». Le cours naturel des
choses pourrait être de *l'éviter* et de
ne pas lui parler de sa faute, ou bien
nous pourrions être décidés à porter
patiemment l'offense, ou encore à *lais-
ser tomber l'affaire**. A première vue,
cela pourrait paraître très plausible et
me donner même une apparence de
grâce ; mais, de fait, cette conduite
omet un point digne de toute considération, c'est-à-dire l'état spirituel du
frère qui m'a offensé, et quel que soit
l'homme qui la recommande, ce n'est
certes pas ainsi que le Seigneur traite
cette question. De plus, si je m'éloi-
gne de mon frère, mon propre cœur
pourrait, sans s'en apercevoir, garder

---

* Lorsqu'il est question de souffrir de la part
du *monde*, c'est tout autre chose. Alors, comme
Celui qui nous a « laissé un exemple, afin que
nous suivions ses traces, » nous avons « à user
de patience » et à nous remettre « à Celui qui
juge justement » 1 Pierre, II, 20, 21, 23).

une trace de mauvais sentiments, et même si ce n'était pas le cas, dois-je me tenir tranquille quand je sais que la conscience de mon frère en faute est souillée (Lévitique, XIX, 17)? Non ; il me faut aller à lui et placer ouvertement sa faute sous ses yeux, car il ne peut être véritablement relevé que par un exercice de conscience et par le jugement de son état devant Dieu. « Va, reprends-le » ; on ne peut facilement se méprendre sur ces paroles. L'Ecriture ne dit pas : « Va et *écris-lui une lettre* ». Hélas! qui mesurera le mal que cette pratique a amené parmi les saints de Dieu, soit par ignorance de la pensée du Seigneur à ce sujet, soit par manque d'obéissance quand cette pensée est connue. Adresser à mon frère ce qui *me* paraît être une lettre très fidèle, peut n'être, en somme, qu'un moyen de ménager mes sentiments et d'épargner mon orgueil ; mais Celui qui nous connaît mille fois mieux que nous ne nous connaissons nous-mêmes, dit clairement : « Va, reprends-le ».

Puis encore, quelle sagesse et quelle

grâce dans les mots qui suivent : « *entre toi et lui seul* ». Hélas ! n'arrive-t-il pas trop fréquemment que l'on se permet de discuter une faute personnelle d'une manière moins privée? Peut-être savons-nous qu'un frère n'est pas dans les meilleurs termes avec celui qui nous a offensé ; il n'est pas douteux, pour nous, que celui-là ne prête facilement l'oreille au récit de nos griefs ; notre égoïsme nous porte à nous adresser à lui, quoique, si nous considérions le bien de son âme, il eût été la dernière personne de l'assemblée à laquelle nous dussions toucher un mot de cette affaire. Mais il *nous* convient mieux de faire partager l'histoire de nos griefs à d'autres qui sont disposés à sympathiser avec nous, à dire de quelle manière odieuse nous avons été traités, etc., que de chercher à « gagner » celui qui nous a fait tort. Pourquoi cela? Il est bien à craindre que nous ne soyons pas fâchés de pouvoir infliger une punition à notre frère, en le *rabaissant dans l'estime des autres*. Mais, en agissant

ainsi, obéissons-nous à l'Ecriture ?
Est-ce l'Esprit de Christ ? Certes, ce
n'est ni l'une ni l'autre. N'est-ce pas
plutôt une autre forme, plus subtile,
peut-être, de cette même chair qui
s'est manifestée dans la faute de notre
frère ?

Le chapitre XIX des Nombres nous
fournit, au sens figuré, une autre raison d'admirer la grâce et la sagesse
contenues dans ces paroles : « entre
toi et lui seul ». Nous y trouvons que
le moindre contact avec ce qui était
impur rendait la personne impure,
soit qu'elle touchât l'objet souillé, soit
qu'elle fût touchée par lui. Ensuite,
tous ceux qui, de près ou de loin,
s'étaient occupés de la purification de
la personne souillée, étaient eux-mêmes rendus impurs. Le sacrificateur
qui faisait aspersion du sang de la gé-
nisse (v. 4, 7), l'homme qui avait brû-
lé la bête (v. 8), celui qui en avait ra-
massé la cendre (v. 10), et même
l'homme pur qui avait pour office de
pratiquer l'aspersion avec l'eau vive
mise sur la cendre, tous, les uns com-

me les autres, devaient être considérés comme « *impurs jusqu'au soir* ». De tels faits ne nous parlent-ils pas clairement? Pensez-vous pouvoir, sans contracter de souillure, répéter tant de tristes choses qui deviennent si facilement des sujets de conversations parmi les saints? Hélas! combien de moments, combien d'heures précieuses ont été consacrés, pour notre honte commune et notre plus grand détriment, à de tels sujets faits pour affaiblir et détruire les âmes.

Revenant à notre chapitre, remarquons une sentence, qui est très importante pour nous : « *S'il t'écoute, tu as gagné ton frère* ». Cette parole ne nous donne-t-elle pas la clef des deux précédentes : « Reprends-le », et « entre toi et lui seul »? Le but était de *gagner* mon frère. Au verset 12, le Seigneur avait parlé de sa propre sollicitude pour aller à la recherche de la brebis égarée, et de sa joie quand il l'avait retrouvée. Il voulait, sans doute, nous apprendre quelle valeur il attache à chacun des siens, afin que nous apprissions de lui à agir de même envers eux. Remarquez ici, qu'il ne dit rien du redressement des torts qui m'ont été faits. Le Seigneur ne dit pas : « S'il t'écoute, *tous ses torts envers toi seront réglés* », mais : « S'il t'écoute, tu as *gagné ton frère* ». Sans doute, si la grâce agit réellement en lui, s'il est *réellement* « gagné », l'un des premiers fruits produits chez lui sera un désir ardent de réparer ses fautes, mais ce n'est pas dans le but d'atteindre ce résultat que je vais à lui. J'abandonne *mes* griefs au Seigneur, et je cherche le bien de mon *frère*. Ce besoin de le *gagner* me fera nécessairement passer à travers de profonds exercices d'âme. Si, plein d'amour pour lui, je n'ai qu'une pensée, celle de voir mon frère justement restauré, quelle vigilance, quelle sollicitude, cette pensée ne produira-t-elle pas en moi ; avec quel sérieux et quels fervents désirs ne plaiderai-je pas pour lui devant Dieu? Quand un oiseau a quitté sa cage, il suffit d'une main rude, ou d'une voix discordante;

pour l'éloigner toujours plus, mais quels soins, quelle prudence ne faut-il pas avoir pour faire retrouver, à un pauvre égaré, sa nourriture et son abri ! Si ma mission auprès de mon frère n'avait pour but que de lui faire de la peine, la tâche pourrait aisément être acomplie sans aucun exercice d'âme de ma part, mais pour le *gagner*, il faut que la *grâce* agisse en lui et en moi.

Faisons maintenant un pas de plus. Supposons que soient inutiles les efforts les mieux intentionnés pour relever mon frère ; que ferai-je? Admettrai-je que désormais il ne peut être restauré? Non. Et comment saurai-je si ce n'est pas ma manière de m'y prendre qui est cause de mon insuccès? Ou peut-être notre entrevue lui a prouvé que je n'ai pas de raison valable pour juger sa conduite comme je l'ai fait, que je lui ai attribué des motifs qu'il peut affirmer en conscience n'avoir jamais eus? Dans ce cas-là, je lui aurais seulement fourni ce qu'*il* juge être une raison valable pour me

résister, et je l'aurais quitté plus en-
durci que je ne l'avais trouvé. Il faut
donc que je prenne avec moi « encore
une ou deux personnes, afin que, par
la bouche de deux ou trois témoins,
toute parole soit établie ». Et si ces
derniers échouent, il reste encore un
pas à faire : « Dis-le à l'*assemblée* ».
Alors, s'il ne veut pas l'écouter, s'il
manifeste toujours le même endurcis-
sement, le même refus de repentance,
l'Ecriture dit : « Qu'il te soit comme
un homme des nations et comme un
publicain » ; car il n'y a pas de cour
d'appel plus élevée pour un saint *sur
la terre*, que les « deux ou trois ré-
unis » au nom du Seigneur (ɣ. 18-20).

*
* *

Au verset 21, Pierre pose au Seigneur cette question : « Combien de
fois mon frère péchera-t-il contre moi,
et lui pardonnerai-je? Sera-ce jusqu'à
sept fois? » Jésus lui répond : « Je ne
te dis pas jusqu'à sept fois, mais jusqu'à *soixante-dix fois sept fois* ». Puis

par le mot : « C'est pourquoi », il relie ce qu'il vient de dire, à la parabole du *maître miséricordieux* et de *l'esclave impitoyable*. Ici est introduite une toute nouvelle ligne d'instruction, quoique en rapport immédiat avec ce qui précède.

Cette parabole nous présente deux cas : celui du débiteur et celui du créancier. Le premier débiteur doit à son roi dix mille talents, ce qui, d'après les calculs usuels, correspondrait à peu près à cinquante millions de notre monnaie. Et cependant, le débiteur ayant reconnu sa dette et s'étant déclaré prêt à répondre aux exigences de son créancier, ce dernier lui remet immédiatement cette énorme créance tout entière. L'esclave, sortant de la présence de ce maître miséricordieux, trouve un de ceux qui étaient esclaves avec lui qui lui doit cent deniers, soixante-dix francs, environ sept cent mille fois moins que le premier ne devait au roi. Celui-ci saisit son compagnon à la gorge et exige un payement immédiat. Le pauvre débiteur recon-

naît la légitimité de la demande, et se
déclare prêt à payer. Mais que voyons-
nous? Aucune miséricorde, aucune patience chez le créancier : il jette son
compagnon en prison, « jusqu'à ce
qu'il eût payé sa dette ».

Observez maintenant ce qui suit, car
cela nous apporte une solennelle et
salutaire instruction. Les autres esclaves, témoins d'une telle conduite,
« furent extrêmement affligés », et dé-
clarèrent à leur seigneur ce qui s'était
passé. Celui-ci appelle cet homme impitoyable auprès de lui et l'accable de
reproches écrasants : « Méchant esclave »; dit-il, « je t'ai remis toute cette
dette, parce que tu m'en as supplié ;
n'aurais-tu pas dû aussi avoir pitié de
celui qui est esclave avec toi, comme
moi aussi j'ai eu pitié de toi ? »
(ỳ. 32, 33). Puis il est ajouté : « Son
seigneur, étant en colère, le livra aux
bourreaux, jusqu'à ce qu'il eût payé
tout ce qui lui était dû ». Le Seigneur
fait ensuite l'application de la parabole : « Ainsi aussi mon Père céleste vous

fera, si vous ne pardonnez pas de tout votre cœur, chacun à son frère ».

Il est à peine nécessaire de dire que cette parabole ne parle pas du salut de l'âme mais des principes du gouvernement du roi dans son royaume, principes aussi applicables à celui qui possède le salut qu'au simple professant. C'est un fait immuable que, sur la croix, Christ a pris sur lui les conséquences, pour l'éternité, des péchés de tout croyant ; mais, quant à notre conduite dans le *monde*, c'est un principe inaltérable du gouvernement divin que « ce qu'un homme sème, cela aussi il le moissonnera » (Galates, VI, 7). Le Psaume XVIII, 25, 26, exprime un autre grand principe de son gouvernement : « Avec celui qui use de grâce, tu uses de grâce ; avec l'homme parfait, tu te montres parfait ; avec celui qui est pur, tu te montres pur ; et avec le pervers, tu es roide ». Et encore, en Matthieu, V, 7 : « Bienheureux les miséricordieux, car c'est à eux que miséricorde sera faite ».

Or, lequel de nous, quand il repasse

son histoire, soit comme saint, soit comme pécheur, et qu'il pense aux *conséquences gouvernementales* de tout ce qu'il a dit et fait, pourrait dire qu'il n'a pas besoin de grâce gouvernementale. Chacun de nous ne sent-il pas plutôt qu'il a besoin d'autant de grâce que le débiteur de dix mille talents, et ne dirons-nous pas de tout notre cœur : ce qu'il nous faut, c'est la grâce seule, la grâce libre, pleine, entière !

Souvenons-nous donc, quand nous sommes tentés de montrer à nos frères un esprit dur, sans grâce et sans pardon, que si la grâce de Dieu nous dit : « Je ne me souviendrai plus de leurs péchés, ni de leurs iniquités », le gouvernement de Dieu nous annonce ceci : « Du jugement dont vous jugerez, vous serez jugés ; et de la mesure dont vous mesurerez, il vous sera mesuré » Matthieu, VII, 2).

Souvenons-nous de cette précieuse exhortation adressée aux saints d'Éphèse : « Soyez bons les uns envers les autres, compatissants, vous pardonnant les uns aux autres *comme Dieu aussi, en Christ, vous a pardonné* » (Ephésiens, IV, 32).

Pour conclure, n'est-il pas significatif, que le chapitre dans lequel nous trouvons l'instruction relative au *centre* de notre rassemblement (Matthieu, XVIII, 20), ressemble autant, quant au but de son enseignement moral, au chapitre qui nous donne le *fondement* de notre rassemblement, la vérité d'un seul corps ? (Ephésiens, IV). En Matthieu, XVIII, comme nous l'avons vu, l'esprit d'humilité enfantine et de considération miséricordieuse pour le bien des autres, est placé devant nous comme ce qui devrait toujours nous caractériser. En Ephésiens, IV, 2, nous trouvons l'exhortation suivante : « Avec toute humilité et douceur, avec longanimité, vous supportant l'un l'autre dans l'amour ; vous appliquant à garder l'unité de l'Esprit dans le lien de la paix ».

On raconte d'un aveugle que, lorsqu'on lui demanda pourquoi la nuit il portait toujours une lanterne, il répondit qu'étant incapable d'y voir, la lumière qu'il portait n'avait pas pour but de l'empêcher de tomber, mais d'empêcher les autres de tomber en le rencontrant. Que le Seigneur donne à chacun de nous de marcher comme des enfants de lumière, et alors non seulement nos propres pieds seront gardés de chute, mais nous ne serons pas une occasion de chute à d'autres. Au contraire, que notre sollicitude les uns pour les autres en la présence de Dieu, soit de plus en plus apparente (2 Corinthiens, VII, 12 ; 1 Corinthiens, XII, 25).

En nous souvenant que Celui qui est « *miséricordieux* » est aussi « *fidèle* » (Hébreux, II, 17), et que Celui qui est parfaitement « *saint* » est également « *innocent* » (Hébreux, VII, 26), ne cherchons jamais à montrer la grâce aux dépens des principes divins et de la sainteté pratique, ni à décorer la dureté et la raideur du nom de fermeté et de fidélité.

Géo C.

AUX AGNEAUX
ET AUX BREBIS DE JÉSUS

www.ingramcontent.com/pod-product-compliance
Lightning Source LLC
Chambersburg PA
CBHW061621180626
46818CB00005B/2173